CARDIF

CYNGOR CAERD...
CARDIFF COUNCIL

D0580822

...MOBILE
☎ : 029 2076 3849

1 0 FEB 2007

Roedd y Dewin Dwl yn chwarae
wrth yr afon.
Roedd yn chwarae gyda dail
a brigau.

ACC. No: 02417932

Un, dau, tri chwch bach yn y dŵr.

O na! Aeth y Dewin Dwl
dros ei ben i'r afon.
Dros ei ben ac o dan y dŵr.

Nofiodd rhwng y pysgod.
Dewin druan!
Nofiodd uwchben y cerrig.

Roedd rhwyd yn y dŵr.
Pwy oedd yn chwilio am fwyd
o dan y dŵr?

Strempan!
O diar! Roedd y Dewin Dwl
wedi ei ddal yn y rhwyd.

"Dyma bysgodyn od,"
meddai Strempan.
"Pysgodyn melyn tew i swper.
I mewn i'r badell!"

"Na! Na! Dydw i ddim eisiau bod
yn y badell. Na!"
Neidiodd y Dewin Dwl i'r sosban.

"Na! Na! Dydw i ddim eisiau bod
yn y sosban. Na!"
Neidiodd y Dewin Dwl ar y plât.

"Na! Na! Dydw i ddim eisiau bod
yn swper i Strempan! Na!"
Neidiodd y Dewin Dwl drwy'r
ffenest.

Da iawn.
Roedd y Dewin Dwl wedi dianc.
Llongyfarchiadau!